Bettina Müller

Das Übungsheft Texte schreiben 1/2

Grundlagen und Aufsatztraining

Name: ____________________

Klasse: ____________

Mein Schreibmeister-Pass:

Schreibmeister	Seite	Datum	Anzahl der beachteten und abgehakten Punkte	Wie leicht fiel mir das? ☺ 😐 ☹
1	8			
2	20			
3	30			
4	40			
5	52			
6	62			

Mildenberger

Inhaltsverzeichnis

Inhaltsverzeichnis

Lage- und Wegbeschreibungen

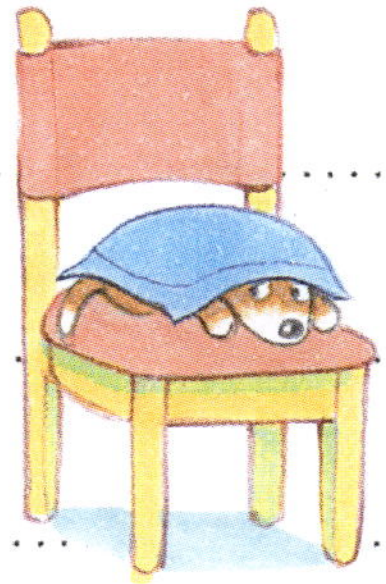

Zu Bildern schreiben

Eine eigene Fantasiegeschichte schreiben (Ein Schritt-für-Schritt-Lehrgang)

1 Wer muss welchem Wegweiser folgen? Verbinde.

Ein **Wegweiser** führt dich durch dieses Heft.
Er zeigt dir, wie man Texte schreibt.
Beachte die Hinweise auf den Pfeilen.
So kommst du Schritt für Schritt ans Ziel.

2 Ein Text hat eine Überschrift und drei weitere Teile.
Schreibe die drei Teile in die Pfeile unten.
Die Farben helfen dir.

Einleitung | Hauptteil | Schluss

3 Welche Erklärung passt?
Male sie wie die Pfeile an.

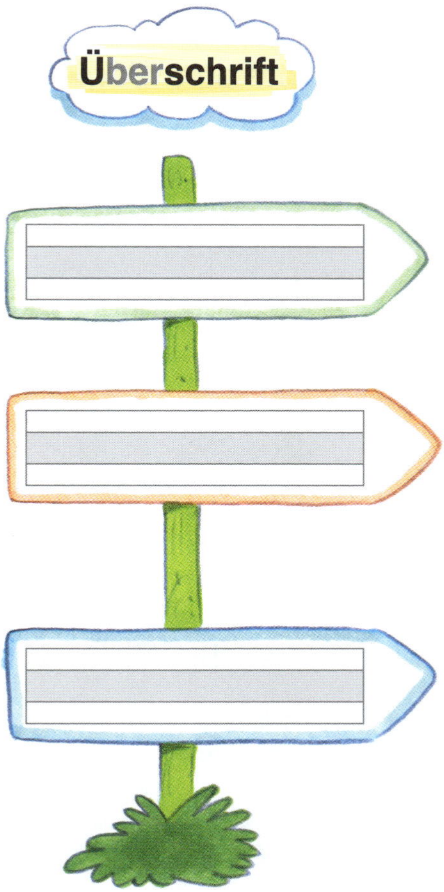

Das ist der längste Teil
einer Geschichte.
Hier passiert am meisten.

Hier bekommt die Geschichte
einen „Namen“.

Hier fängt die Geschichte an.
Es ist ein kurzer Teil.

Hier endet die Geschichte.
Das Ende einer Geschichte
ist kurz.

Begriffsbestimmung „Wegweiser“: Der **Wegweiser** zeigt die wichtigsten Textmerkmale an und führt durch das ganze Übungsheft als verlässlicher Schreibbegleiter.
Gliederung eines Textes in Überschrift, Einleitung, Hauptteil und Schluss

1 Was tun die Kinder? Schreibe treffende Verben.

Hanna

schreibt

Malte

Zarah

Leni

Umut

Mio

2 Beachte den Wegweiser.
Schreibe die Verben von Aufgabe 1.

schreiben,

3 Finde sechs Wörter für „gehen". Male die Felder grün an.

e	i	l	e	n	x	r	e	n	n	e	n	v	b	l	a	u	f	e	n
s	e	w	a	n	d	e	r	n	z	y	h	u	m	p	e	l	n	x	c
m	a	r	s	c	h	i	e	r	e	n	x	y	d	r	t	w	q	z	y

Umgang mit dem Wegweiser einüben,
Übung zur Ausdrucksfähigkeit: treffende Verben

4 Beachte den Wegweiser.
Schreibe die Wörter aus Aufgabe 3 hinter den Pfeil.

eilen,

5 Wie sind die Tiere? Verbinde.

dick lang stachelig nass klein

6 Beachte den Wegweiser.
Schreibe die Wörter aus Aufgabe 5 hinter den Pfeil.

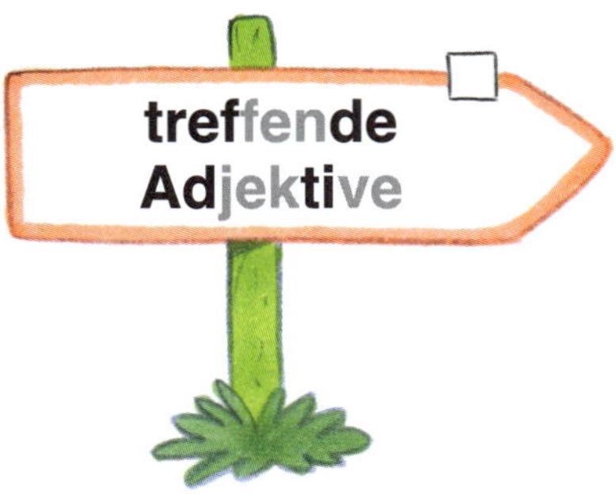

dick,

7 Überprüfe. Hast du die Hinweise der Wegweiser beachtet?
Hast du alle Wörter aufgeschrieben?
Wenn ja, hake die Kästchen auf den Wegweisern in den Aufgaben 2, 4 und 6 ab ☑.

1 Ein Text hat eine Überschrift und drei weitere Teile.
Schreibe auf den Wegweiser.

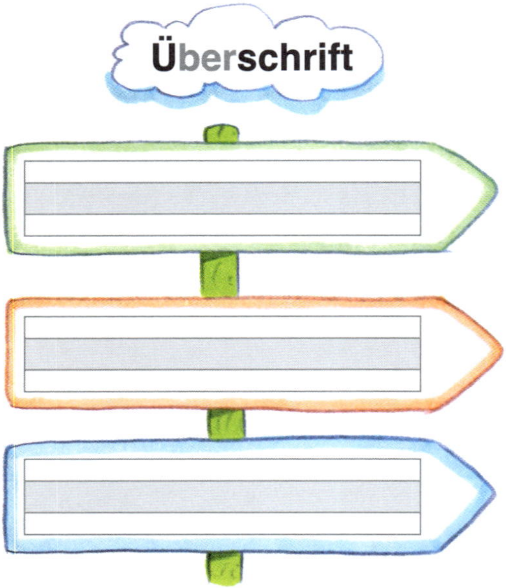

Hauptteil

Einleitung

Schluss

2 Wie sind die Monster? Verbinde.

rund   zottelig   rot   dünn   groß

3 Beachte den Wegweiser.
Schreibe die Wörter aus Aufgabe 2 hinter den Pfeil.

rund,

4 Umut packt für den Sport. Unterstreiche die Satzanfänge.

Zuerst holt er seinen Turnbeutel. Dann packt er die kurze Sporthose in den Beutel. Nun kommt ein T-Shirt hinein. Jetzt sind die Turnschuhe an der Reihe. Zuletzt packt er eine Wasserflasche ein.

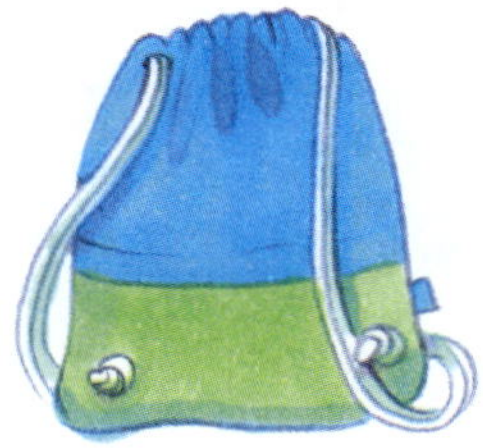

5 Beachte den Wegweiser.
Schreibe die Wörter aus Aufgabe 4 hinter den Pfeil.

zuerst,

6 Finde Verben für „sagen“. Kreise ein.

sagen   essen   rufen   rennen   laufen   fragen

sitzen   antworten   rechnen   schreiben   schreien

7 Beachte den Wegweiser. Schreibe die Verben für „sagen“ aus Aufgabe 6 hinter den Pfeil.

sagen,

8 Hast du alle Hinweise der Wegweiser beachtet? Ja? Dann ☑.

Du hast ___ von 27 Aufgaben richtig.

Beschreibe Dinge oder Menschen **ganz genau**. Dann kann sich dein Leser alles besser vorstellen.

1 Verbinde.
Dinge lassen sich beschreiben. Zum Beispiel …

… durch ihre Farbe.

blau gelb rot orange grün braun schwarz weiß

… durch ihre Größe.

groß winzig klein riesig

… durch ihre Eigenschaften.

nass heiß kalt zerbrechlich hart weich

2 Verbinde.
Personen lassen sich beschreiben. Zum Beispiel …

… durch ihre Figur.

dick schlank klein muskulös groß sportlich

… durch äußere Merkmale.

blonde Haare | großer Mund | schmale Lippen | lange Nase | blaue Augen | lockige Haare

… durch besondere Kennzeichen.

Zahnspange Brille Rollstuhl Ohrringe Hut Skateboard

… durch besondere Vorlieben.

Lieblings-essen | Lieblings-farbe | Lieblings-buch | Lieblings-hobby | Lieblings-tier

1 Malte packt seinen Ranzen.
Schau dir das Bild unten genau an.

2 Beschrifte die Dinge, die Malte einpackt.
Die Wörter hier helfen dir dabei.

Lesebuch ~~Mathebuch~~ Flasche Übungsheft
Heft Mäppchen Brotdose

Mathebuch

3 Hier wird genau beschrieben,
wie Malte seinen Ranzen packt.
Streiche die falschen Wörter durch.

Malte packt seinen Ranzen.

Zuerst kommt das ~~kleine~~/große Mathebuch in den Ranzen.

Dann packt Malte das blaue/rote Heft ein.

Jetzt steckt er das dünne/dicke Lesebuch hinein.

Danach ist das kleine/große Übungsheft an der Reihe.

Schließlich denkt er auch an sein blau-grünes/rosa Mäppchen.

Zum Schluss packt er die kalte/heiße Flasche

und die offene/verschlossene Brotdose ein.

4 Unterstreiche die Satzanfänge in Aufgabe 3.
Schreibe sie auf.

zuerst,

1 Wem gehört welcher Steckbrief? Schreibe die Namen auf.

Name: ______________

Alter: 8 Jahre

Größe: 1,28 m

Augenfarbe: braun

Haarfarbe: braun

Lieblingsfarbe: rot

Lieblingstier: Eichhörnchen

Das esse ich gerne: Pizza

Meine Hobbys: Fußball, kochen, Computer

Besonderes Kennzeichen: Brille

Name: ______________

Alter: 8 Jahre

Größe: 1,25 m

Augenfarbe: grün

Haarfarbe: rot

Lieblingsfarbe: grün

Lieblingstier: Eisbär

Das esse ich gerne: Döner

Meine Hobbys: Judo, stricken, fotografieren

Besonderes Kennzeichen: Haarspange

In einem **Steckbrief** schreibt man nur Stichwörter, keine ganzen Sätze.

2 Schau dir das Bild genau an.

3 Stell dir vor, du bist Pedro. Fülle den Steckbrief aus.

Name: Pedro

Alter: ____________ **Größe:** ____________

Wohnort: ____________

Augenfarbe: ____________ **Haarfarbe:** ____________

Lieblingsfarbe: ____________ **Lieblingstier:** ____________

Das esse ich gerne: ____________

Mein Hobby: ____________

Besonderes Kennzeichen: ____________

1 Die Klasse von Leni hat ein kleines Klassenmonster.
Schau dir das Bild genau an.

2 Fülle den Steckbrief aus.

Name: ____________

Alter: ____________ **Größe:** 1,00 m

Wohnort: ____________

Augenfarbe: ____________ **Fellfarbe:** ____________

Lieblingsfarbe: ____________

Lieblingstier: ____________

Das esse ich gerne: ____________

Meine Hobbys: ____________

Besondere Kennzeichen: ____________

____

3 Hier ist ein Text über Berta. Leider ist er nicht vollständig. Ergänze die Lücken. Alle Angaben findest du im Steckbrief. Beachte den Wegweiser.

Berta

Berta ist ________ Jahre alt und ________ Meter groß.

Sie wohnt in der ________.

Ihre Augen sind ________.

Sie hat zotteliges, ________ Fell.

Ihre Lieblingsfarbe ist ________.

Ihr ________ ist der Schulhund ________.

Am liebsten isst Berta ________ und ________.

Ihre Hobbys sind ________ und ________.

Besonders fällt sie durch ihre rot-gelb gestreiften ________ auf.

1 Und du? Wer bist du? Male ein Bild von dir.
Was sind deine besonderen Kennzeichen?

2 Fülle den Steckbrief aus.

Name:

Alter: **Größe:**

Wohnort:

Augenfarbe: **Haarfarbe:**

Lieblingsfarbe:

Lieblingstier:

Meine besonderen Kennzeichen:

3 Schreibe einen Text über dich.
Beachte den Wegweiser.

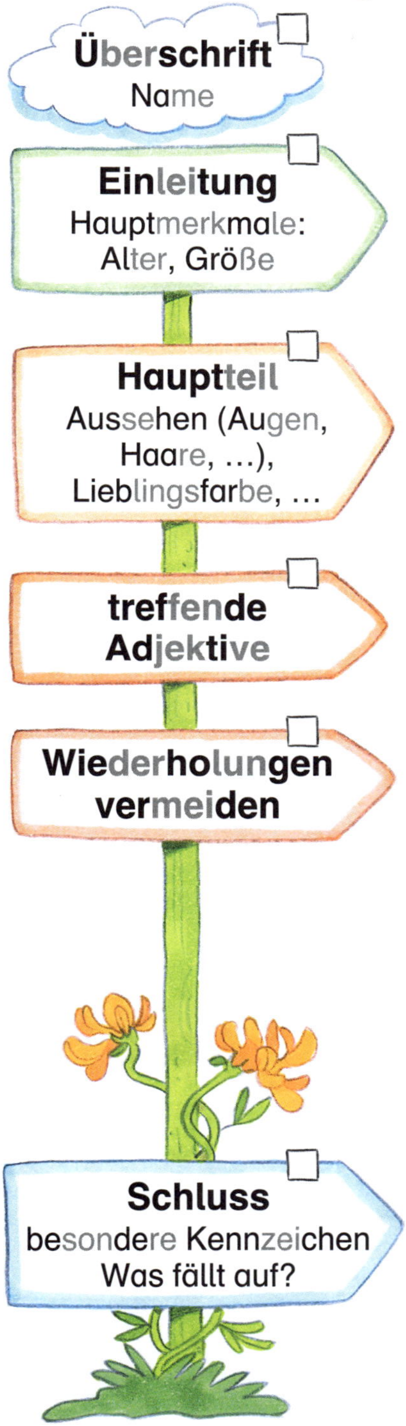

Ich bin Jahre alt und

Besonders falle ich

durch

4 Hast du alle Wegweiser beachtet? Ja? Dann ☑.

1 Hier ist „Herr Bax“, der Schulhund.
Schau dir das Bild genau an.

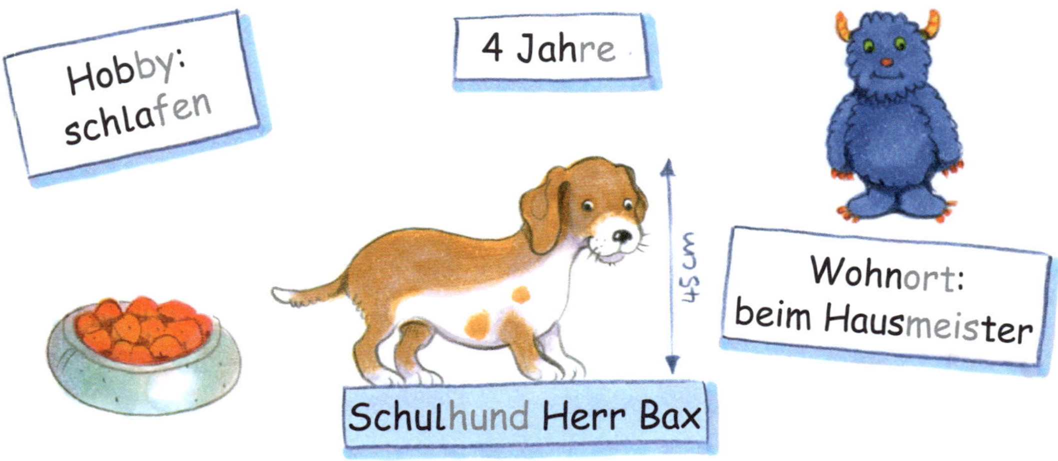

2 Fülle den Steckbrief aus.

Name: Schulhund Herr Bax

Alter: ______ **Größe:** ______

Wohnort: ______

Fellfarbe: ______

Lieblingstier: ______

Das fresse ich gern: ______

Mein Hobby: ______

Besondere Kennzeichen: ______

3 Beschreibe Herrn Bax. Beachte den Wegweiser.

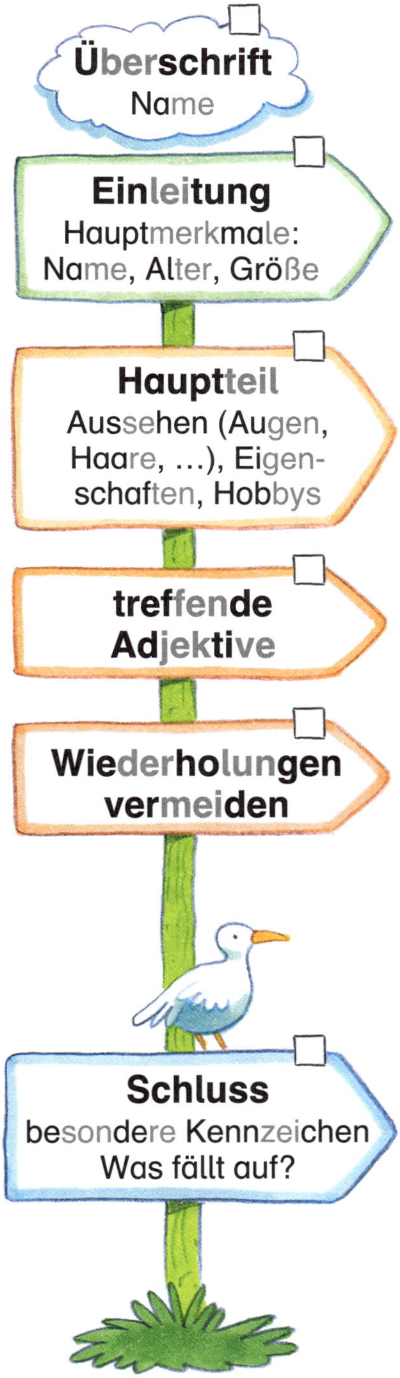

Herr Bax ist

4 Hast du alle Wegweiser beachtet? Ja? Dann ☑.

Du hast ___ von 6 Punkten beachtet und abgehakt.

Informationen können wichtig sein.
Informationen sind Mitteilungen für andere.
Sie werden sachlich und genau aufgeschrieben.

1 Der Hausmeister, Herr Kaiser, ärgert sich.
Alle diese Dinge wurden bei ihm im Fundbüro abgegeben.

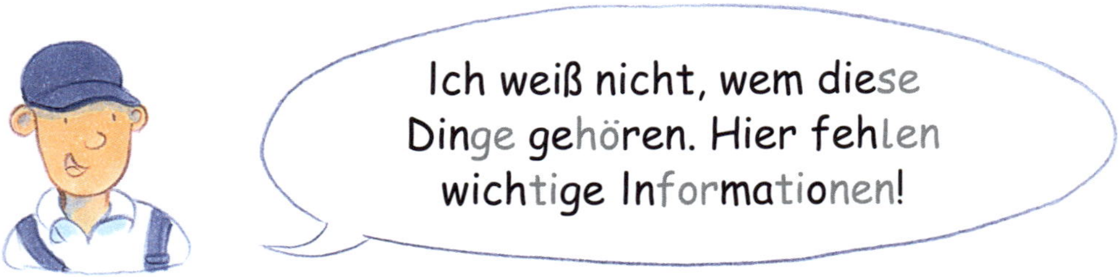

Name: ______________________

Klasse: ______________________

Fach: ______________________

____
Vorname

____
Name

____
Klasse

____
Schule

____

2 Ergänze die fehlenden Informationen. Beschrifte die Gegenstände mit deinem Namen, deiner Klasse …

3 Danke! Herr Kaiser hat nun alle wichtigen Informationen erhalten. Ergänze den Lückentext mit den richtigen Angaben.

Herr Kaiser weiß nun, dass der blaue Bleistift
Farbe

_______________ gehört.
dein Name

Er weiß, dass du, _______________
dein Name

aus der Klasse _______ dein _______________ heft vermisst.
Klasse *Fach*

Herr Kaiser weiß, dass der _______________ Schulranzen
Farbe

_______________ gehört.
dein Name

Auch weiß er, dass das Kind die _______________
Schule

_______________ besucht.

4 Welche Dinge sollten beschriftet werden? Kreuze an.

- ☐ Türklingel
- ☐ Paket
- ☐ Koffer
- ☐ Fahrrad
- ☒ Turnbeutel
- ☐ Pausenbrot
- ☐ Brief

1 Die Klasse 2b will Gemüsesuppe kochen.
Malte soll die Zutaten einkaufen. Die Lehrerin gibt ihm zwei Einkaufslisten. Lies dir die Einkaufslisten durch.

Einkaufsliste 1

Zwiebeln
Karotten
Kartoffeln
Paprika
Suppengrün
Lauch
Gemüsebrühe

☐

Einkaufsliste 2

2 Zwiebeln
6 Karotten
6 Kartoffeln
4 rote Paprika
1 Bund Suppengrün
2 Stangen Lauch
1 Glas Gemüsebrühe

☐

2 Welche Liste ist besser? Kreuze an.

3 Was kauft Malte ein? Kreise ein.

Die Klasse 2b möchte einen Obstsalat zubereiten.

4 Sieh dir die Zutaten an. Schreibe eine Einkaufsliste.
Achte auf genaue Angaben.

Erdbeeren

süße Äpfel

Bananen

1 kg Wein-
trauben

Kiwis

Ananas

Orangen

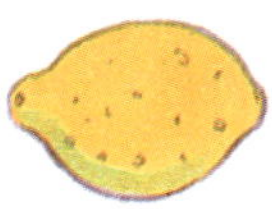

Zitrone

Einkaufsliste

1 Schale

Erdbeeren

1 Es ist heiß. Jannis möchte heute schwimmen gehen.
Sieh dir die Dinge an, die er mitnehmen will.
Schreibe eine Packliste.

Packliste

Geld

2 Jannis überlegt genau, wozu er die Sachen benötigt.
Verbinde.

Mit dem Geld	schwimme ich.
Mit der Badehose	bezahle ich den Eintritt.
Mit dem Handtuch	spiele ich Fußball.
Mit dem Ball	lösche ich meinen Durst.
Mit dem Wasser	trockne ich mich ab.

3 Zarah hat bald Geburtstag. Sie wünscht sich diese Dinge.
Verbinde die Wörter mit den passenden Bildern.
Schreibe die Dinge auf den Wunschzettel.

Wunschzettel

ein spannendes Buch

____

____

____

____

4 Den Wunschzettel schickt Zarah als Brief an ihre Oma.
Ergänze die Lücken.

Liebe Oma,

bald habe ich Geburtstag. Da meine Füße gewachsen sind, wünsche ich mir rosa Schlittschuhe. Außerdem hätte ich gerne ein spannendes ______ und ______, mit denen ich malen kann.

Zum Anziehen wünsche ich mir einen ______ ______ und ______.

Ganz liebe Grüße, deine Zarah

Ein **Plakat** besteht nicht nur aus einem Bild.
Es enthält viele Informationen.

1 Die 2. Klassen der Gartenschule möchten dieses Theaterstück besuchen. Sieh dir das Plakat genau an.

2 Welche Informationen findet man hier?
Verbinde.

Art der Veranstaltung

Wann? Tag

Name der Vorstellung

Wo?

Preise

Wann? Uhrzeit

3 Frau Konrad, die Lehrerin, fasst die Informationen noch einmal in einem Brief zusammen.
Ergänze die Lücken.

Koblenz, 2. Mai

Liebe Kinder der 2. Klassen,

am Montag, 20. Mai

gehen wir gemeinsam ins

__________. Wir werden uns das

Stück __________

__________ anschauen.

Das Theater findet in der

__________ in __________

statt. Die Vorstellung beginnt um

__________. Bitte bringt

das Geld für den Theaterbesuch mit.

Der Eintritt kostet für euch Kinder

__________.

Ich freue mich auf einen schönen
Vormittag mit euch!

Eure Frau Konrad

1 Hurra! Ein Schulfest wird gefeiert.
Sieh dir das Plakat genau an.
Welche Informationen findet man hier? Verbinde.

- Art der Veranstaltung
- Name der Veranstaltung
- Weitere Informationen
- Wo? Ort
- Wann? Tag
- Wann? Uhrzeit
- Preise

2 Frau Konrad fasst die Informationen noch einmal in einem Brief zusammen. Schreibe den Brief.

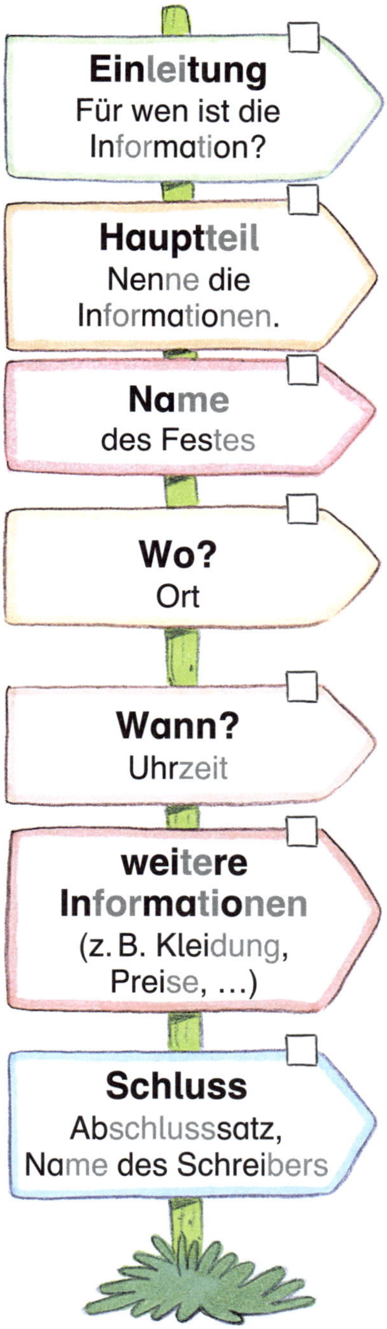

Liebe Kinder, liebe Eltern,

Viele Grüße, Frau Konrad

3 Hast du alle Wegweiser beachtet? Wenn ja, dann ☑.

Du hast ___ von 7 Punkten beachtet und abgehakt.

1 Badetag für Schulhund Herrn Bax. Von wegen!
Er hat keine Lust. Wo versteckt sich Herr Bax?
Trage richtig ein.

hinter | ~~rechts neben~~ | in | unter | links neben | auf

Herr Bax versteckt sich …

rechts neben dem Schrank.

_______ dem Stuhl.

_______ dem Regal.

_______ der Tür.

_______ dem Schrank.

Zum Schluss landet er doch _______ der Dusche.

Das Übungsheft Deutsch – Klasse 2

Rechtschreib- und Grammatiktraining

Das Übungsheft Deutsch begleitet die Kinder durch ein ganzes Schuljahr: Alle wichtigen Lerninhalte von Rechtschreibung und Grammatik werden spiralförmig wiederholt und vertieft.

- Jede Seite ist eine kleine abgeschlossene Lerneinheit.
- Die wichtigsten Informationen sind in „Schatzkisten" übersichtlich zusammengefasst.
- Vorher erarbeitete Lerninhalte werden in regelmäßigen Abständen beim Deutschmeister abgefragt.
- Mit Sticker-Belohnungssystem!

Das Übungsheft Deutsch – Klasse 2

64 S., vierf., Gh, 17 x 24 cm, mit Stickerbogen und Lösungsheft
ISBN 978-3-619-24170-5

www.mildenberger-verlag.de/190

Das Übungsheft Rechtschreiben – Klasse 2

Methodentraining und Diktate

Hilfe zur Selbsthilfe: Nach diesem Prinzip arbeiten die Schülerinnen und Schüler im Übungsheft Rechtschreiben. Das Trainieren verschiedener Methoden gibt ihnen das Handwerkszeug zum richtigen Schreiben.

- Systematische Gliederung nach Rechtschreibschwerpunkten
- Diktattexte in zwei Schwierigkeitsniveaus zur Auswahl
- Mit Sticker-Belohnungssystem!

Das Übungsheft Rechtschreiben – Klasse 2

64 S., vierf., Gh, 17 x 24 cm, mit Stickerbogen und Lösungsheft
ISBN 978-3-619-24171-2

www.mildenberger-verlag.de/193

Das Übungsheft Lesen – Klasse 2

Lesetraining und Leseverständnis

Kinder mit Problemen speziell beim sinnentnehmenden, flüssigen Lesen können mit diesen Heften den Lesefluss und das Textverständnis trainieren.

- Kurze spannende, erzählende Texte
- Sachtexte aus dem Interessengebiet von Grundschülern
- Nicht-lineare Texte (Listen, Lagepläne ...)
- Aufgaben in zwei Kompetenzstufen
- Lesebonbons in Form von Knobelaufgaben
- Mit Sticker-Belohnungssystem!

Das Übungsheft Lesen – Klasse 2

64 S., vierf., Gh, 17 x 24 cm, mit Stickerbogen und Lösungsheft
ISBN 978-3-619-24172-9

www.mildenberger-verlag.de/192

4
5
6
7
10
Sporthalle
Garten
Bücherei
1€
11
12
13
14
15
16
17
18
19
22
23
24
25
26
27
28
29
32
33
34
35
36
37
38
39
42
43
44
45
46
47
48
49
50
51
54
55
56
57
58
1,50€

1 Wer muss welchem Wegweiser folgen? Verbinde.

Ein **Wegweiser** führt dich durch dieses Heft.
Er zeigt dir, wie man Texte schreibt.
Beachte die Hinweise auf den Pfeilen.
So kommst du Schritt für Schritt ans Ziel.

2 Ein Text hat eine Überschrift und drei weitere Teile.
Schreibe die drei Teile in die Pfeile unten.
Die Farben helfen dir.

Einleitung | Hauptteil | Schluss

3 Welche Erklärung passt?
Male sie wie die Pfeile an.

Das ist der längste Teil einer Geschichte. Hier passiert am meisten.

Hier bekommt die Geschichte einen „Namen“.

Hier fängt die Geschichte an. Es ist ein kurzer Teil.

Hier endet die Geschichte. Das Ende einer Geschichte ist kurz.

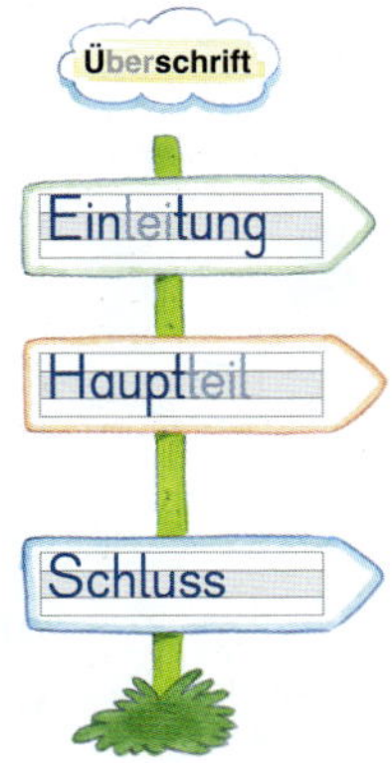

1 Was tun die Kinder? Schreibe treffende Verben.

Hanna: schreibt
Malte: malt
Zarah: rechnet
Leni: liest
Umut: singt
Mio: schwimmt

2 Beachte den Wegweiser.
Schreibe die Verben von Aufgabe 1.

☑ **verschiedene Verben**

schreiben, malen,
rechnen, lesen,
singen, schwimmen

3 Finde sechs Wörter für „gehen“. Male die Felder grün an.

e	i	l	e	n	x	r	e	n	n	e	n	v	b	l	a	u	f	e	n
s	e	w	a	n	d	e	r	n	z	y	h	u	m	p	e	l	n	x	c
m	a	r	s	c	h	i	e	r	e	n	x	y	d	r	t	w	q	z	y

4 Beachte den Wegweiser.
Schreibe die Wörter aus Aufgabe 3 hinter den Pfeil.

☑ **treffende Wörter**

eilen, rennen,
laufen, wandern,
humpeln, marschieren

5 Wie sind die Tiere? Verbinde.

dick | lang | stachelig | nass | klein

6 Beachte den Wegweiser.
Schreibe die Wörter aus Aufgabe 5 hinter den Pfeil.

☑ **treffende Adjektive**

dick, lang,
stachelig, nass,
klein

7 Überprüfe. Hast du die Hinweise der Wegweiser beachtet?
Hast du alle Wörter aufgeschrieben?
Wenn ja, hake die Kästchen auf den Wegweisern in den Aufgaben 2, 4 und 6 ab ☑.

Der 1. Schreibmeister

1 Ein Text hat eine Überschrift und drei weitere Teile.
Schreibe auf den Wegweiser.

Überschrift

Einleitung

Hauptteil

Schluss

~~Hauptteil~~ ~~Einleitung~~ ~~Schluss~~

2 Wie sind die Monster? Verbinde.

rund zottelig rot dünn groß

3 Beachte den Wegweiser.
Schreibe die Wörter aus Aufgabe 2 hinter den Pfeil.

treffende Adjektive ☑

rund, zottelig,
rot, dünn,
groß

4 Umut packt für den Sport. Unterstreiche die Satzanfänge.

Zuerst holt er seinen Turnbeutel. Dann packt er die kurze Sporthose in den Beutel. Nun kommt ein T-Shirt hinein. Jetzt sind die Turnschuhe an der Reihe. Zuletzt packt er eine Wasserflasche ein.

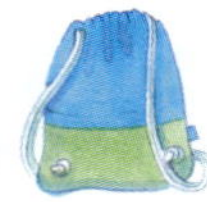

5 Beachte den Wegweiser.
Schreibe die Wörter aus Aufgabe 4 hinter den Pfeil.

wechselnde Satzanfänge ☑

zuerst, dann, nun,
jetzt, zuletzt

6 Finde Verben für „sagen". Kreise ein.

(sagen) essen (rufen) rennen laufen (fragen)
sitzen (antworten) rechnen schreiben (schreien)

7 Beachte den Wegweiser. Schreibe die Verben für „sagen" aus Aufgabe 6 hinter den Pfeil.

treffende Verben ☑

sagen, rufen,
fragen, antworten,
schreien

8 Hast du alle Hinweise der Wegweiser beachtet? Ja? Dann ☑.

Du hast ___ von 27 Aufgaben richtig.

Beschreibe Dinge oder Menschen **ganz genau**. Dann kann sich dein Leser alles besser vorstellen.

1 Verbinde.
Dinge lassen sich beschreiben. Zum Beispiel …

… durch ihre Farbe.

blau gelb rot orange grün braun schwarz weiß

… durch ihre Größe.

groß winzig klein riesig

… durch ihre Eigenschaften.

nass heiß kalt zerbrechlich hart weich

2 Verbinde.
Personen lassen sich beschreiben. Zum Beispiel …

… durch ihre Figur.

dick schlank klein muskulös groß sportlich

… durch äußere Merkmale.

blonde Haare | großer Mund | schmale Lippen | lange Nase | blaue Augen | lockige Haare

… durch besondere Kennzeichen.

Zahnspange Brille Rollstuhl Ohrringe Hut Skateboard

… durch besondere Vorlieben.

Lieblings-essen | Lieblings-farbe | Lieblings-buch | Lieblings-hobby | Lieblings-tier

1 Malte packt seinen Ranzen.
Schau dir das Bild unten genau an.

2 Beschrifte die Dinge, die Malte einpackt.
Die Wörter hier helfen dir dabei.

~~Lesebuch~~ ~~Mathebuch~~ ~~Flasche~~ ~~Übungsheft~~ ~~Heft~~ ~~Mäppchen~~ ~~Brotdose~~

Mäppchen

Heft

Mathebuch

Flasche

Brotdose

Übungsheft

Lesebuch

 Abbildungen richtig beschriften

3 Hier wird genau beschrieben,
wie Malte seinen Ranzen packt.
Streiche die falschen Wörter durch.

Malte packt seinen Ranzen.

Zuerst kommt das ~~kleine~~/große Mathebuch in den Ranzen.

Dann packt Malte das blaue/~~rote~~ Heft ein.

Jetzt steckt er das ~~dünne~~/dicke Lesebuch hinein.

Danach ist das kleine/~~große~~ Übungsheft an der Reihe.

Schließlich denkt er auch an sein blau-grünes/~~rosa~~ Mäppchen.

Zum Schluss packt er die kalte/~~heiße~~ Flasche

und die ~~offene~~/verschlossene Brotdose ein.

4 Unterstreiche die Satzanfänge in Aufgabe 3.
Schreibe sie auf.

zuerst, dann,
jetzt, danach,
schließlich,
zum Schluss

Adjektive sinnvoll anwenden, wechselnde Satzanfänge

1 Wem gehört welcher Steckbrief? Schreibe die Namen auf.

Name: Umut

Alter: 8 Jahre
Größe: 1,28 m
Augenfarbe: braun
Haarfarbe: braun
Lieblingsfarbe: rot
Lieblingstier: Eichhörnchen
Das esse ich gerne: Pizza
Meine Hobbys: Fußball, kochen, Computer
Besonderes Kennzeichen: Brille

Name: Leni

Alter: 8 Jahre
Größe: 1,25 m
Augenfarbe: grün
Haarfarbe: rot
Lieblingsfarbe: grün
Lieblingstier: Eisbär
Das esse ich gerne: Döner
Meine Hobbys: Judo, stricken, fotografieren
Besonderes Kennzeichen: Haarspange

 Steckbriefe zuordnen

In einem **Steckbrief** schreibt man nur Stichwörter, keine ganzen Sätze.

2 Schau dir das Bild genau an.

3 Stell dir vor, du bist Pedro. Fülle den Steckbrief aus.

Name: Pedro
Alter: 9 Jahre **Größe:** 1,35 m
Wohnort: Piratenschiff in der Südsee
Augenfarbe: schwarz **Haarfarbe:** schwarz
Lieblingsfarbe: blau **Lieblingstier:** Hai
Das esse ich gerne: Fischstäbchen
Mein Hobby: Schätze suchen
Besonderes Kennzeichen: Piratentuch

einen Steckbrief mit Stichwörtern ergänzen

1 Die Klasse von Leni hat ein kleines Klassenmonster. Schau dir das Bild genau an.

2 Fülle den Steckbrief aus.

Name: Berta

Alter: 326 Jahre **Größe:** 1,00 m

Wohnort: Schule

Augenfarbe: grün **Fellfarbe:** blau

Lieblingsfarbe: gelb

Lieblingstier: Schulhund Herr Bax

Das esse ich gerne: Äpfel und Karotten

Meine Hobbys: schlafen, lesen

Besondere Kennzeichen: rot-gelb gestreifte Hörner, rote Nase, blaues Fell

3 Hier ist ein Text über Berta. Leider ist er nicht vollständig. Ergänze die Lücken. Alle Angaben findest du im Steckbrief. Beachte den Wegweiser.

Berta

Berta ist 326 Jahre alt und 1,00 Meter groß.

Sie wohnt in der Schule.

Ihre Augen sind grün.

Sie hat zotteliges, blaues Fell.

Ihre Lieblingsfarbe ist gelb.

Ihr Lieblingstier ist der Schulhund Herr Bax.

Am liebsten isst Berta Äpfel und Karotten.

Ihre Hobbys sind schlafen und lesen.

Besonders fällt sie durch ihre rot-gelb gestreiften Hörner auf.

1 Und du? Wer bist du? Male ein Bild von dir. Was sind deine besonderen Kennzeichen?

2 Fülle den Steckbrief aus.

Name: (Individuelle Lösung)

Alter: **Größe:**

Wohnort:

Augenfarbe: **Haarfarbe:**

Lieblingsfarbe:

Lieblingstier:

Meine besonderen Kennzeichen:

3 Schreibe einen Text über dich. Beachte den Wegweiser.

(Individuelle Lösung)

Ich bin Jahre alt und

Besonders falle ich durch

4 Hast du alle Wegweiser beachtet? Ja? Dann ☑.

Der 2. Schreibmeister

1 Hier ist „Herr Bax", der Schulhund.
Schau dir das Bild genau an.

2 Fülle den Steckbrief aus. (Beispiellösung)

Name: Schulhund Herr Bax
Alter: 4 Jahre **Größe:** 45 cm
Wohnort: beim Hausmeister
Fellfarbe: weiß und braun
Lieblingstier: blaues Monster
Das fresse ich gern: saftige Fleischbrocken
Mein Hobby: schlafen
Besondere Kennzeichen: geflecktes Fell

3 Beschreibe Herrn Bax. Beachte den Wegweiser.

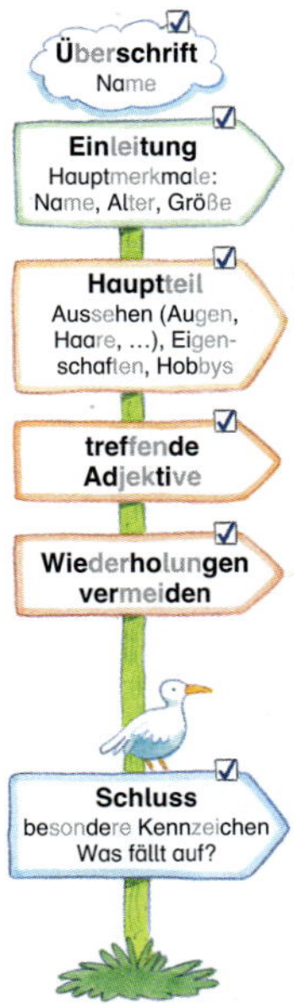

(Beispiellösung)

Schulhund Herr Bax

Herr Bax ist ein Hund. Er ist 4 Jahre alt und 45 cm groß. Er wohnt beim Hausmeister. Sein Fell ist weiß-braun. Am liebsten frisst er saftige Fleischbrocken. Schlafen ist sein Hobby.

Besonders fällt er durch sein geflecktes Fell auf.

4 Hast du alle Wegweiser beachtet? Ja? Dann ☑.

Du hast ☐ von 6 Punkten beachtet und abgehakt.

Informationen können wichtig sein.
Informationen sind Mitteilungen für andere.
Sie werden sachlich und genau aufgeschrieben.

1 Der Hausmeister, Herr Kaiser, ärgert sich.
Alle diese Dinge wurden bei ihm im Fundbüro abgegeben.

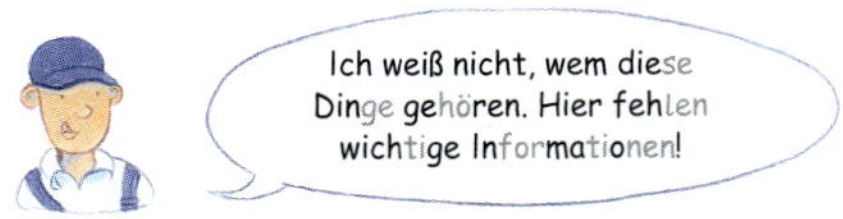

(Individuelle Lösung)

2 Ergänze die fehlenden Informationen. Beschrifte die Gegenstände mit deinem Namen, deiner Klasse ...

3 Danke! Herr Kaiser hat nun alle wichtigen Informationen erhalten. Ergänze den Lückentext mit den richtigen Angaben.
(Individuelle Lösung)

Herr Kaiser weiß nun, dass der blaue (Farbe) Bleistift Tim Schwarz (dein Name) gehört.

Er weiß, dass du, Tim Schwarz (dein Name) aus der Klasse 2 c (Klasse) dein Mathe (Fach) heft vermisst.

Herr Kaiser weiß, dass der orange-lila (Farbe) Schulranzen Tim Schwarz (dein Name) gehört.

Auch weiß er, dass das Kind die Erich-Kästner-Schule (Schule) besucht.

4 Welche Dinge sollten beschriftet werden? Kreuze an.

- ☒ Türklingel
- ☒ Paket
- ☒ Koffer
- ☐ Fahrrad
- ☒ Turnbeutel
- ☐ Pausenbrot
- ☒ Brief

1 Die Klasse 2b will Gemüsesuppe kochen.
Malte soll die Zutaten einkaufen. Die Lehrerin gibt ihm zwei Einkaufslisten. Lies dir die Einkaufslisten durch.

Einkaufsliste 1

Zwiebeln
Karotten
Kartoffeln
Paprika
Suppengrün
Lauch
Gemüsebrühe
☐

Einkaufsliste 2

2 Zwiebeln
6 Karotten
6 Kartoffeln
4 rote Paprika
1 Bund Suppengrün
2 Stangen Lauch
1 Glas Gemüsebrühe
☒

2 Welche Liste ist besser? Kreuze an.

3 Was kauft Malte ein? Kreise ein.

Die Klasse 2b möchte einen Obstsalat zubereiten.

4 Sieh dir die Zutaten an. Schreibe eine Einkaufsliste.
Achte auf genaue Angaben.

Einkaufsliste

1 Schale
Erdbeeren
4 süße Äpfel
3 Bananen
1 kg Weintrauben
4 Kiwis
1 Ananas
2 Orangen
1 Zitrone

1 Es ist heiß. Jannis möchte heute schwimmen gehen.
Sieh dir die Dinge an, die er mitnehmen will.
Schreibe eine Packliste.

Packliste

Geld
Badehose
Badetuch
Wasser
Ball

2 Jannis überlegt genau, wozu er die Sachen benötigt.
Verbinde.

Mit dem Geld	schwimme ich.
Mit der Badehose	bezahle ich den Eintritt.
Mit dem Handtuch	spiele ich Fußball.
Mit dem Ball	lösche ich meinen Durst.
Mit dem Wasser	trockne ich mich ab.

3 Zarah hat bald Geburtstag. Sie wünscht sich diese Dinge.
Verbinde die Wörter mit den passenden Bildern.
Schreibe die Dinge auf den Wunschzettel.

Wunschzettel

ein spannendes Buch
rosa Schlittschuhe
gestreifte Socken
bunte Stifte
einen blauen Pullover

4 Den Wunschzettel schickt Zarah als Brief an ihre Oma.
Ergänze die Lücken.

Liebe Oma,
bald habe ich Geburtstag. Da meine Füße gewachsen sind, wünsche ich mir rosa Schlittschuhe. Außerdem hätte ich gerne ein spannendes Buch und bunte Stifte, mit denen ich malen kann.
Zum Anziehen wünsche ich mir einen blauen Pullover und gestreifte Socken.
Ganz liebe Grüße, deine Zarah

Ein **Plakat** besteht nicht nur aus einem Bild.
Es enthält viele Informationen.

1 Die 2. Klassen der Gartenschule möchten dieses Theaterstück besuchen. Sieh dir das Plakat genau an.

2 Welche Informationen findet man hier? Verbinde.

- Art der Veranstaltung
- Wann? Tag
- Name der Vorstellung
- Wo?
- Preise
- Wann? Uhrzeit

3 Frau Konrad, die Lehrerin, fasst die Informationen noch einmal in einem Brief zusammen.
Ergänze die Lücken.

Wegweiser	Brief
	Koblenz, 2. Mai
Einleitung Für wen ist die Information?	Liebe Kinder der 2. Klassen,
Hauptteil Nenne die Informationen.	am Montag, 20. Mai gehen wir gemeinsam ins Theater. Wir werden uns das
Name der Veranstaltung	Stück Sindbad, der Seefahrer anschauen.
Wo? Ort	Das Theater findet in der Stadthalle in Koblenz
Wann? Uhrzeit	statt. Die Vorstellung beginnt um 10.00 Uhr. Bitte bringt
weitere Informationen	das Geld für den Theaterbesuch mit. Der Eintritt kostet für euch Kinder 5 Euro.
Schluss Abschlusssatz, Name des Schreibers	Ich freue mich auf einen schönen Vormittag mit euch! Eure Frau Konrad

Der 3. Schreibmeister

1 Hurra! Ein Schulfest wird gefeiert.
Sieh dir das Plakat genau an.
Welche Informationen findet man hier? Verbinde.

- Art der Veranstaltung
- Name der Veranstaltung
- Weitere Informationen
- Wo? Ort
- Wann? Tag
- Wann? Uhrzeit
- Preise

2 Frau Konrad fasst die Informationen noch einmal in einem Brief zusammen. Schreibe den Brief.

(Beispiellösung)

Wegweiser	Brief
☑ **Einleitung** Für wen ist die Information?	Liebe Kinder, liebe Eltern,
☑ **Hauptteil** Nenne die Informationen.	am Samstag, 22. Juni feiern wir unser Schulfest
☑ **Name** des Festes	„Die Piraten sind los!".
☑ **Wo?** Ort	Das Fest findet in der Gartenschule statt.
☑ **Wann?** Uhrzeit	Es beginnt um 15.00 Uhr.
☑ **weitere Informationen** (z. B. Kleidung, Preise, …)	Der Eintritt ist frei. Ihr könnt euch als Piraten verkleiden.
☑ **Schluss** Abschlusssatz, Name des Schreibers	Ich freue mich schon! Viele Grüße, Frau Konrad

3 Hast du alle Wegweiser beachtet? Wenn ja, dann ☑.

Du hast ___ von 7 Punkten beachtet und abgehakt.

links

1 Badetag für Schulhund Herrn Bax. Von wegen!
Er hat keine Lust. Wo versteckt sich Herr Bax?
Trage richtig ein.

~~hinter~~ ~~rechts neben~~ ~~in~~ ~~unter~~ ~~links neben~~ ~~auf~~

Herr Bax versteckt sich …

rechts neben dem Schrank.

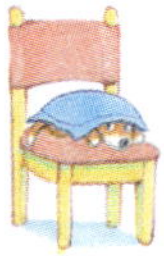
auf dem Stuhl.

unter dem Regal.

hinter der Tür.

links neben dem Schrank.

Zum Schluss landet er doch in der Dusche.

rechts

2 Schreibe zu jedem Bild einen Satz.
Entscheide dich immer für einen Satzanfang.
Verwende dann das Verb vor den Schreiblinien.

~~zuerst~~ ~~dann~~ ~~danach~~ ~~jetzt~~ ~~schließlich~~ ~~zum Schluss~~

(Beispiellösung)

verschwindet: Zuerst verschwindet Herr Bax rechts neben dem Schrank.

hüpft: Dann hüpft er auf den Stuhl.

verkriecht: Danach verkriecht sich Herr Bax unter dem Regal.

versteckt: Jetzt versteckt er sich hinter der Tür.

huscht: Schließlich huscht er links neben den Schrank.

landet: Zum Schluss landet er doch in der Dusche.

links

Eine **Wegbeschreibung** ist kurz, genau und sachlich. Wichtig ist, dass man die Reihenfolge der einzelnen Schritte beachtet.

1 Ordne die Begriffe zu. Trage die Zahlen ein.

Ampel	Kreisel	Kreuzung	Zebrastreifen	Straßenecke
1	2	3	4	5

2 Wohin geht Zarah? Trage den Weg ein.

Zarah geht geradeaus, überquert die erste Kreuzung und läuft bis zur Ampel. Sie folgt dem Straßenverlauf weiter und biegt an der nächsten Straßenecke rechts ab. Dort geht sie über den Zebrastreifen und gelangt zum Sportplatz.

rechts

3 Jetzt will Zarah zur Schule. Schau den Weg auf der Karte an.
Ergänze die Lücken.

~~Ampel~~ ~~geradeaus~~ ~~über~~ ~~folgt~~ ~~links~~

Zuerst läuft Zarah geradeaus die Straße entlang.
Dann geht sie über die Kreuzung.
Danach geht sie bis zur Ampel.
Dort biegt sie nach links in die Straße ein
und folgt ihr, bis sie die Schule erreicht.

4 Finde zu jedem Bild die passende Beschreibung. Verbinde.

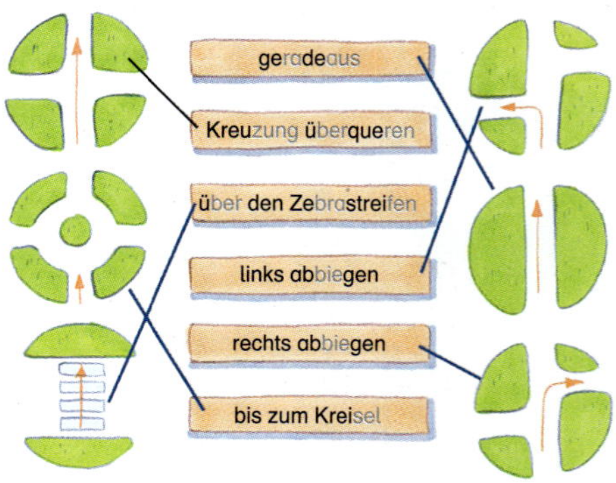

links

1 Schulhund Herr Bax geht gerne allein spazieren.
Sieh dir seinen Weg genau an.

2 Bringe die Beschreibungen in die richtige Reihenfolge.
Nummeriere und trage die Zahlen oben ein.

- 2 biegt an der Ampel rechts ab, folgt der Straße
- 6 folgt dieser Straße bis zum Zebrastreifen
- 1 startet an der Schule, läuft geradeaus bis zur Ampel
- 4 läuft über die kleine Brücke
- 3 biegt nach dem Teich links ab
- 7 läuft über den Zebrastreifen und ist wieder an der Schule
- 5 biegt direkt nach der Brücke links ab

rechts

3 Beschreibe den Weg von Herrn Bax. Schreibe in ganzen Sätzen.
Denke an wechselnde Satzanfänge. Beachte den Wegweiser.

Herr Bax startet an der Schule und läuft geradeaus bis zur Ampel. Dort biegt er rechts ab und folgt der Straße. An der nächsten Straßenecke biegt er links ab. Danach läuft er über die Brücke. Direkt nach der Brücke biegt er wieder links ab. Dieser Straße folgt er bis zum Zebrastreifen. Er überquert den Zebrastreifen und ist wieder an der Schule.

(Beispiellösung)

links

Lukas schreibt seinem Freund Malte einen Brief.
Lukas wohnt in Düsseldorf, Malte in Mannheim.

1 Beschreibe den Weg des Briefs.
Sieh dir die Bilder genau an. Setze wechselnde Satzanfänge und die Verben ein.

~~Dann~~ ~~Danach~~ ~~Als Nächstes~~ ~~Zum Schluss~~ ~~Zuerst~~ ~~Anschließend~~ ~~Jetzt~~

(Beispiellösung)

werfen

Zuerst wirft Lukas den Brief in den Briefkasten an der Post.

leeren

Als Nächstes wird der Briefkasten geleert.

abstempeln

Jetzt kommt der Brief in das Briefzentrum und wird abgestempelt.

bekommen

Danach bekommt der Brief einen Code für seinen Zielort.

rechts

fahren

Dann wird der Brief in einen Container geladen und wird nachts mit einem Lkw nach Mannheim gefahren.

sortieren

Anschließend wird der Brief nach Straße und Hausnummer sortiert.

kommen

Zum Schluss kommt der Brief in die Tasche des Briefträgers.

2 Was muss man bei Beschreibungen beachten? Kreuze an.

	ja	nein
Eine Beschreibung hat wechselnde Satzanfänge.	☒	☐
Die Reihenfolge der einzelnen Schritte ist unwichtig.	☐	☒
Eine Beschreibung ist sachlich.	☒	☐
Vorgänge müssen genau beschrieben werden.	☒	☐

Der 4. Schreibmeister

1 Lukas' Brief ist nun in der Tasche von Frau Weiler, der Briefträgerin. Sie stellt die Post zu. Sieh dir den Weg genau an, den Frau Weiler bis zu Maltes Haus gehen muss.

2 Welche Aussagen passen zu dem Bild? Male sie grün an.

- Straße bis zur Ampel folgen
- an der Ampel links abbiegen
- zweite Straße rechts
- zweite Straße links
- an der nächsten Straßenecke rechts abbiegen
- bis zum Kreisel
- bis zum Zebrastreifen laufen und diesen überqueren
- Brief bei Hausnummer 31 einwerfen
- durch den Tunnel

3 Beschreibe Frau Weilers Weg. Schreibe in ganzen Sätzen. Denke an wechselnde Satzanfänge.

Von der Post geht Frau Weiler die Straße entlang bis zur Ampel. An der Ampel biegt sie links ab. Dann nimmt sie die zweite Straße rechts. An der nächsten Straßenecke biegt sie rechts ab und läuft bis zum Zebrastreifen.

Am Schluss überquert sie diesen und wirft den Brief bei Hausnr. 31 ein.

(Beispiellösung)

4 Hast du alle Wegweiser beachtet? Wenn ja, dann ☑.

Du hast ___ von 7 Punkten beachtet und abgehakt.

Beim Schreiben einer **Bildergeschichte** muss man sich jedes Bild genau ansehen.

1 Schau dir dieses Bild genau an. Welche Aussagen stimmen? Kreuze an.

- ☒ Die Lehrerin sitzt am Tisch.
- ☒ Im Raum sind fünf Kinder.
- ☒ Zarah liest Herrn Bax etwas vor.
- ☐ Es ist Samstag.
- ☒ Es ist Montag.
- ☒ Im Bücherregal sind viele Bücher.
- ☒ Das Sofa ist grün-gelb.
- ☐ Herr Bax bellt laut.
- ☒ Malte malt.
- ☐ Berta turnt.
- ☒ Hanna quatscht und lacht.
- ☒ Berta liegt auf dem Sofa.
- ☐ Die Kinder weinen.

2 Schau dir das Bild noch genauer an. Kreise 6 Dinge darauf rot ein. Schreibe zu jedem Kreis einen Satz. Schreibe so:

(Beispiellösung)

Zarah sitzt auf dem Sofa und liest Herrn Bax etwas vor.
Leni arbeitet am Computer.
Malte malt ein Sommerbild.
Die Lehrerin sitzt am Tisch und arbeitet.
Auf dem grün-gelb gestreiften Sofa liegt Berta.
Es ist Montag, der 15. April.
Umut macht ruhig seine Aufgaben.
Im Regal sind sehr viele Bücher.

1 Sieh dir die Bilder genau an.
Was passt? Schreibe auf.

Hanna liest ein Buch. — Tuch / ~~Buch~~

Umut isst eine Banane. — ~~Banane~~ / Gurke

Leni strickt einen Schal. — Pullover / ~~Schal~~

Zarah malt eine Sonne. — Tonne / ~~Sonne~~

Malte beobachtet die Fische. — ~~Fische~~ / Tische

Can kauft sich ein Paar Schuhe. — Hosen / ~~Schuhe~~

Max klettert auf einen Berg. — ~~Berg~~ / Turm

2 Schreibe noch genauer. Setze ein Adjektiv ein.
Was passt? Schreibe auf.

Hanna liest ein spannendes Buch. — ~~spannendes~~ / langweiliges

Umut isst eine süße Banane. — saure / ~~süße~~

Leni strickt einen langen Schal. — kurzen / ~~langen~~

Zarah malt eine gelbe Sonne. — blaue / ~~gelbe~~

Malte beobachtet die bunten Fische. — ~~bunten~~ / braunen

Can kauft sich ein Paar neue Schuhe. — alte / ~~neue~~

Max klettert auf einen hohen Berg. — ~~hohen~~ / flachen

Am Anfang einer **Bildergeschichte** wird beschrieben,
wann die Geschichte spielt (an einem sonnigen Tag),
wer darin vorkommt (Lotta, Herr Bax …),
was die Person macht (Fahrrad fahren, die Freundin treffen …)
und
wo die Geschichte spielt (im Wald, in der Stadt …).

1 Schau dir das Bild an. Beantworte die Fragen.
Gib den Personen einen Namen.

Wann? An einem sonnigen Tag

Wer? Umut und Malte

Was machen die Personen? spazieren / wandern

Wo? im Wald

(Beispiellösung)

Einleitung
Wann? Wer?
Was? Wo?

2 Übe Einleitungen zu schreiben.
Schreibe zu jedem Bild einen Satz. (Beispiellösung)

An einem sonnigen Tag gehen Malte und Umut im Wald spazieren.

An einem regnerischen Tag fährt Herr Flott mit seinem neuen, roten Auto in die Stadt.

An einem eiskalten Wintertag baut Kenan einen großen Schneemann im Garten.

An einem trüben Sonntagmorgen sitzt Leni gemütlich im Bett.

Das Übungsheft Texte schreiben 1/2 – Lösungen (Seite 48–51)

Deine **Bildergeschichte** wird viel lebendiger, wenn die Personen etwas sagen. Auch Tiere dürfen laut denken.

1 Was sagen oder denken die Personen oder Tiere wohl? Schreibe deine Ideen in die Sprechblasen und die Denkblase.

Hier, Purzel. Die Wurst ist für dich. Lass es dir schmecken.

Die sieht aber lecker aus!

(Beispiellösung)

Oh nein, mein Reifen ist platt. Bin ich über eine Scherbe gefahren?

So schreibt man auf, wenn jemand etwas sagt:

Lena ruft : „Guten Morgen!“

Wer?	Ein Wort für „sagen“	:	„ … “

2 Es gibt verschiedene Wörter für sagen. Ordne diese hier nach dem Abc. Schreibe sie auf.

~~sagen~~ ~~rufen~~ ~~meinen~~ ~~denken~~ ~~schreien~~ ~~fragen~~ ~~flüstern~~

denken, flüstern, fragen, meinen, sagen, schreien, rufen

3 Schreibe deine Ideen für die Denkblase und die Sprechblasen von Seite 48 auf. Denke dir Namen aus.

Anna sagt: „ Hier, Purzel, die Wurst ist für dich.“ Purzel denkt: „ Die sieht aber lecker aus!“
Lazlo ruft: „Oh, nein! Mein Reifen ist platt. Bin ich über eine Scherbe gefahren?“ (Beispiellösung)

1 Schau dir die Bilder genau an. Überlege auch, was zwischen den Bildern passiert ist.

2 Welche Aussagen passen zu der Geschichte? Kreuze an.

- ☐ windiger Herbsttag
- ☒ heißer Sommertag
- ☒ im Park
- ☐ in der Stadt
- ☒ Gina verkauft Eis.
- ☐ ein heftiger Windstoß
- ☒ Cora bestellt 6 Kugeln Eis.
- ☒ Gina türmt Eiskugeln auf.
- ☒ Eisturm bricht zusammen.
- ☐ Eisturm wächst 10 m hoch.
- ☐ Eis fällt auf den Boden.

(Beispiellösung)

3 Was könnte Gina denken? Ergänze die Denkblase.

Oh nein! Jetzt war die ganze Mühe umsonst!

(Beispiellösung)

4 Schreibe eine Geschichte zu den Bildern. Nimm die richtigen Aussagen und die Denkblase zu Hilfe! Welche Überschrift passt? Kreuze an.

Überschrift ☑ — ☐ **Herbststurm** ☒ **Der Eisturm**

Einleitung (Wann? Wer? Was? Wo?) ☑
An einem heißen Sommertag verkauft Gina im Park ihr Eis.

Hauptteil (Was passiert?) ☑
Cora möchte 6 Kugeln. Gina türmt die Eiskugeln auf. Plötzlich bricht der Eisturm bei der letzten Kugel zusammen. Das leckere Eis fällt auf den Boden.

Wiederholungen vermeiden ☑

(Beispiellösung)

Schluss (Was sagt die Person?) ☑
Gina jammert: „ Oh, nein! Jetzt war die ganze Mühe umsonst!“

wörtliche Rede (Personen denken oder sprechen) ☑

5 Hast du alle Wegweiser beachtet? Wenn ja, dann ☑.

Der 5. Schreibmeister

1 Schau dir die Bilder genau an.
Überlege auch, was zwischen den Bildern passiert ist.

2 Welche Aussagen passen zu der Geschichte? Kreuze an.

☒ sonniger Tag	☐ schluckt Kaugummi runter
☐ regnerischer Frühlingstag	☒ spuckt Kaugummi aus
☐ in den Bergen	☒ in hohem Bogen
☒ in der Stadt	☒ Kaugummi landet auf der Straße
☒ Herr Murmel geht spazieren.	☒ Kurz darauf tritt er in den Kaugummi.
☒ kaut vergnügt Kaugummi	☒ eklig

(Beispiellösung)

3 Was könnte der Mann denken? Ergänze die Denkblase!

Iiiih! Mein Kaugummi …
Das ist ja eklig!

(Beispiellösung)

4 Schreibe die Geschichte. (Beispiellösung)

☑ **Überschrift**: ☒ **Das Missgeschick** ☐ **Ein sonniger Tag**

☑ **Einleitung** – Wann? Wer? Was? Wo?
☑ **Hauptteil** – Was passiert?
☑ **Wiederholungen vermeiden**
☑ **Schluss** – Was sagt die Person?
☑ **wörtliche Rede** – Personen denken oder sprechen

An einem sonnigen Tag spaziert Herr Murmel durch die Stadt. Er kaut vergnügt Kaugummi. Nach einer Weile spuckt er ihn in hohem Bogen aus. Der Kaugummi landet weit vor ihm auf der Straße. Nach wenigen Schritten tritt Herr Murmel in seinen Kaugummi. Er ruft: „Iiiih, mein Kaugummi … Das ist ja eklig!"

5 Hast du alle Wegweiser beachtet? Wenn ja, dann ☑.

Du hast ___ von 6 Punkten beachtet und abgehakt.

Eine **Fantasiegeschichte** kann spannend, witzig oder gruselig sein.
Lass Personen und Tiere sprechen.
Schreibe in ganzen Sätzen. Schmücke aus.

1 Stell dir diese Situation vor.

Es ist ein regnerischer Samstagnachmittag.
Du bist allein zu Hause.
Plötzlich klingelt es an der Tür.
Vorsichtig öffnest du die Tür und …

2 Welche Aussagen passen? Kreise ein.

(grasgrün) · böse · (freundlich) · Stock in der Hand · (zottelig) · rosa · (roter Regenschirm mit weißen Punkten)

3 Beschreibe das Wesen. Nimm die Angaben von Aufgabe 2 zu Hilfe.

treffende Wörter

Vorsichtig öffne ich die Tür.
Vor mir steht ein Monster.
Es hat grasgrünes, zotteliges Fell.
Freundlich schaut es mich an. In seiner Pfote hält es einen roten Regenschirm mit weißen Punkten.

4 Was möchte das Monster? Was sagt es?
Ergänze die Sprechblase. (Beispiellösung)

Hallo, ich bin Fluffi.
Darf ich reinkommen?

5 Wie spricht das Monster?
Suche dir ein Wort für „sagen“ aus. Kreise es ein.

flüstern · stottern · stammeln · rufen · brummen · antworten · bitten · brabbeln (eingekreist) · meinen

(Beispiellösung)

6 Schreibe hier noch einmal auf, was das Monster sagt.
Bitte danach das Monster in eure Wohnung.

wörtliche Rede

Es brabbelt: „Hallo, ich bin Fluffi. Darf ich reinkommen?“

Ich antworte:

„Ja, gerne. Komm rein.“

(Beispiellösung)

Jetzt stehst du mit einem fröhlichen Monster bei dir im Flur.

7 Welches Zimmer könntest du dem Monster zeigen?
Was könntet ihr dort machen? Nummeriere.

(Beispiellösung)

- 4 Wäsche waschen
- 1 kochen
- 3 Hausaufgaben machen
- 2 auf dem Sofa hopsen
- 3 auf dem Bett liegen
- 4 Wasserschlacht machen
- ☐ Fußball spielen
- 3 etwas malen
- 2 Bücher lesen
- 4 sich die Zähne putzen
- 1 den Kühlschrank leerfuttern
- 3 an den Vorhängen schaukeln
- ☐ (Individuelle
- ☐ Lösung)

8 Suche dir ein Zimmer von Seite 57 aus. Ergänze.

Wo spielt die Geschichte?

Ich führe das zottelige Monster in das Wohnzimmer.

Erstaunt bleibt es stehen und schaut sich um. Es betrachtet das Sofa, den Fernseher und die Bücher.

(Beispiellösung)

9 Was macht ihr nun in dem Zimmer?
Achte auf ganze Sätze. Beachte die Wegweiser.

treffende Adjektive · wechselnde Satzanfänge · wörtliche Rede

Plötzlich nimmt es ein Buch aus dem Regal und isst es laut schmatzend auf. Dabei grummelt es: „Ich liebe es, Bücher zu verschlingen.“

Jede Geschichte hat einen **Schluss**.
Er ist meistens recht kurz.
Die Spannung oder das Problem löst sich hier auf.

10 Lies dir die beiden Texte durch. Welcher Schluss passt zu deiner Geschichte? Male ihn grün an.

Schluss – die Spannung löst sich

Auf einmal öffnet sich die Tür und meine Mutter steht im Zimmer. Ich möchte ihr das grasgrüne Monster vorstellen. Da stelle ich erstaunt fest, dass es verschwunden ist. Das Zimmer sieht so aus wie immer.

Auf einmal öffnet sich die Tür und meine Mutter steht im Zimmer. Erstaunt schaut sie mich und das grüne Monster an. Doch sie schimpft nicht. Sie lacht nur und sagt: „Oh, ich glaube, du hattest heute einen spannenden Nachmittag!“

Schluss – die Spannung löst sich

(Individuelle Lösung)

11 Lies dir alle grünen Felder von Seite 55 bis 59 noch einmal durch. Zusammen ergeben sie deine Fantasiegeschichte.

Auch Malte hat eine Geschichte über das Monster geschrieben.

12 Setze die fehlenden Wörter in Maltes Geschichte ein.
Die Wegweiser am Rand helfen dir dabei.

Überschrift
Einleitung
Hauptteil
treffende Adjektive
~~grasgrün~~ ~~strubbelig~~ ~~zottelig~~ ~~höflich~~ ~~rot~~

Monsterhafter Besuch

Es klingelt. Vorsichtig öffne ich die Tür. Ich traue meinen Augen nicht. Denn dort steht ein grasgrünes Monster. Es hat ein zotteliges und strubbeliges Fell. In seiner Pfote hält es einen roten Regenschirm mit weißen Punkten. Es stellt sich höflich vor: „Hallo, ich bin Buggi. Darf ich eintreten?"

Ich antworte: „ Natürlich! Komm rein!"

treffende Verben
~~führe~~ ~~betrachtet~~ ~~sieht~~ ~~öffnet~~
wechselnde Satzanfänge
~~zuerst~~ ~~dann~~ ~~danach~~ ~~anschließend~~ ~~zum Schluss~~
Schluss

Ich führe es in die Küche. Dort betrachtet es neugierig das Spülbecken und den Herd. Plötzlich öffnet es den Kühlschrank und sieht hinein. Zuerst holt es die Butter heraus und stopft sie sich gierig in den Mund. Dann futtert Buggi die Möhren, danach die Gurke und anschließend den Brokkoli. Zum Schluss trinkt er noch die Wasserflasche leer, rülpst laut und meint: Köstlich, sehr köstlich!"

Plötzlich kommt meine Mutter herein. Sie lacht: „Zum Glück schmatzt und rülpst hier nur das Monster und nicht du!"

Der 6. Schreibmeister

1 Stell dir diese Situation vor.

Es ist ein ganz normaler Freitagnachmittag. Du bist allein zu Hause. Plötzlich klingelt es an der Tür. Vorsichtig öffnest du die Tür und ...

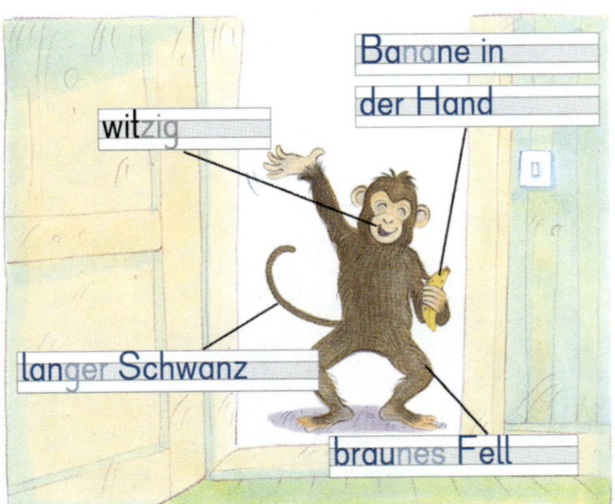

(Beispiellösung)

2 Sieh dir das Bild genau an. Beschreibe den kleinen Affen. Beschrifte dafür das Bild.

3 Was erlebst du mit dem Affen? Schreibe die Geschichte.

Überschrift
Einleitung ☑ Beschreibe den Affen.
treffende Adjektive ☑
Hauptteil ☑ Bitte den Affen hinein. Wohin geht ihr? Was macht ihr?
wörtliche Rede ☑
Wiederholungen vermeiden ☑

Unerwarteter Besuch

Vorsichtig öffne ich die Tür. Ich traue meinen Augen nicht. Dort steht ein kleiner, witziger Affe. Er hat braunes Fell und einen langen Schwanz. In seiner Hand hält er eine Banane. Er lacht: „Hallo, ich bin Willi. Darf ich eintreten?" Ich sage: „Ja, gerne. Komm rein." Wir gehen in mein Zimmer. Dort schaut Willi sich meinen Schreibtischstuhl an.

(Beispiellösung)

min

treffende Verben ☑

wechselnde Satzanfänge ☑

Schluss ☑
Die Spannung löst sich auf.

Er hopst auf den Stuhl und
rollt mit diesem wild durch
mein Zimmer. Danach
springt er vom Stuhl
und klettert schnell
die Vorhänge hinauf.

Auf einmal steht mein
Vater im Zimmer. Er
schaut sich um und sagt:
„Oh, wie ich sehe, hast du
einen neuen Freund. Ich
hoffe, ihr habt Spaß!"

5 Hast du alle Wegweiser beachtet? Wenn ja, dann ☑.

64 Du hast ☐ von 8 Punkten beachtet und abgehakt.

59  60  61 

Der 1. Schreibmeister

Der 2. Schreibmeister

Der 3. Schreibmeister

Der 4. Schreibmeister

Der 5. Schreibmeister

Der 6. Schreibmeister

Die runden Sticker sind keine Sticker fürs Wimmelbild. Benutze sie, wie du möchtest.

Mit diesem Heft übt:

____

Lesestart mit Eberhart

Themenhefte für Erstleser

Lesestart mit Eberhart sind Erstlesehefte mit kurzen, kindgerechten Texten mit Silbentrenner in fünf Schwierigkeitsstufen.

Die Reihe besteht insgesamt aus 50 Heften: je Stufe 10 Hefte. Der Schwierigkeitsgrad steigert sich von Lesestufe zu Lesestufe von kurzen, einfachen Sätzen zu zusammenhängenden Geschichten.

5 Lesestufe 5: fortlaufende Geschichte, größerer Textumfang

Marta, das Minischwein	ISBN 978-3-619-04470-2
Hunde mit Berufen	ISBN 978-3-619-04471-9
Als ich das Einhorn beim Haarewaschen traf	ISBN 978-3-619-04472-6
Wunder dieser Welt	ISBN 978-3-619-04473-3
Wie kommt die Banane in meine Brotbox?	ISBN 978-3-619-04474-0
Warum isst der Hase keine Schokolade?	ISBN 978-3-619-04475-7
Urlaub zu Hause	ISBN 978-3-619-04476-4
Wir sind Europa	ISBN 978-3-619-04477-1
So lebten die Ägypter	ISBN 978-3-619-04478-8
Wer hat das erfunden?	ISBN 978-3-619-04479-5
Komplettbezug (Bestell-Nr. 440-70 bis 440-79)	ISBN 978-3-619-04464-1

Lesestart mit Eberhart – Lesestufe 5
Je 16 S., vierf., Gh, 14,5 x 13,5 cm

www.mildenberger-verlag.de/321

Das Übungsheft Mathematik – Klasse 2

Denk- und Rechentraining

Das Übungsheft trainiert vorwiegend und ganz konsequent die unverzichtbaren Grundaufgaben.

- Kleine überschaubare und konzentrierte Trainingseinheiten
- Ansprechende didaktische Gestaltung
- Spiralförmiger Aufbau innerhalb eines Heftes und über die jeweilige Heftreihe
- Abwechslungsreiche fördernde und fordernde Aufgabenformate
- Mit Sticker-Belohnungssystem!

Das Übungsheft Mathematik – Klasse 2
84 S., vierf., Gh, 14,8 x 22 cm (größer als DIN A5), mit Stickerbogen und Lösungsheft
ISBN 978-3-619-25454-5

www.mildenberger-verlag.de/186

2 Schreibe zu jedem Bild einen Satz.
Entscheide dich immer für einen Satzanfang.
Verwende dann das Verb vor den Schreiblinien.

~~zuerst~~ | dann | danach | jetzt | schließlich | zum Schluss

verschwindet
Zuerst verschwindet Herr Bax rechts neben dem Schrank.

hüpft

verkriecht

versteckt

huscht

landet

links

Eine **Wegbeschreibung** ist kurz, genau und sachlich. Wichtig ist, dass man die Reihenfolge der einzelnen Schritte beachtet.

1 Ordne die Begriffe zu. Trage die Zahlen ein.

Ampel	Kreisel	Kreuzung	Zebrastreifen	Straßenecke
1	2	3	4	5

2 Wohin geht Zarah? Trage den Weg ein.

Zarah geht geradeaus, überquert die erste Kreuzung und läuft bis zur Ampel. Sie folgt dem Straßenverlauf weiter und biegt an der nächsten Straßenecke rechts ab. Dort geht sie über den Zebrastreifen und gelangt zum ______________________.

rechts

3 Jetzt will Zarah zur Schule. Schau den Weg auf der Karte an. Ergänze die Lücken.

Ampel

~~geradeaus~~

über

folgt

links

Zuerst läuft Zarah geradeaus die Straße entlang.

Dann geht sie __________ die Kreuzung.

Danach geht sie bis zur __________.

Dort biegt sie nach __________ in die Straße ein

und __________ ihr, bis sie die Schule erreicht.

4 Finde zu jedem Bild die passende Beschreibung. Verbinde.

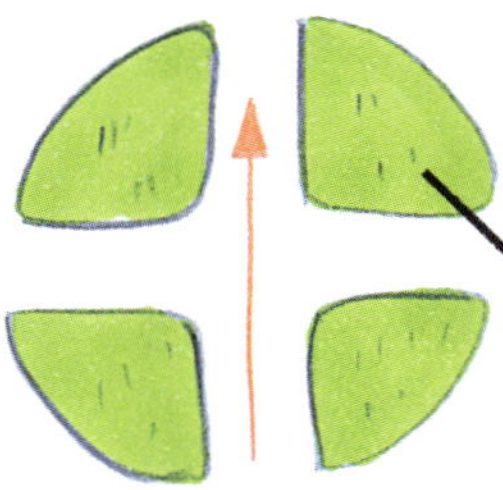

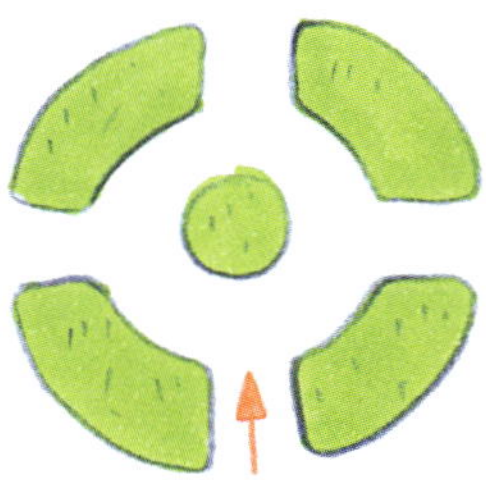

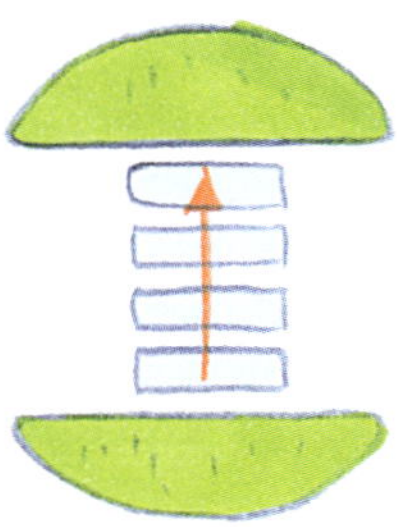

geradeaus

Kreuzung überqueren

über den Zebrastreifen

links abbiegen

rechts abbiegen

bis zum Kreisel

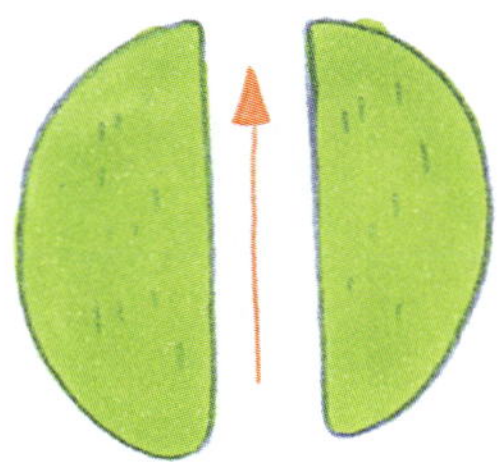

1 Schulhund Herr Bax geht gerne allein spazieren.
Sieh dir seinen Weg genau an.

2 Bringe die Beschreibungen in die richtige Reihenfolge.
Nummeriere und trage die Zahlen oben ein.

- ☐ biegt an der Ampel rechts ab, folgt der Straße
- ☐ folgt dieser Straße bis zum Zebrastreifen
- 1 startet an der Schule, läuft geradeaus bis zur Ampel
- ☐ läuft über die kleine Brücke
- ☐ biegt nach dem Teich links ab
- ☐ läuft über den Zebrastreifen und ist wieder an der Schule
- ☐ biegt direkt nach der Brücke links ab

3 Beschreibe den Weg von Herrn Bax. Schreibe in ganzen Sätzen. Denke an wechselnde Satzanfänge. Beachte den Wegweiser.

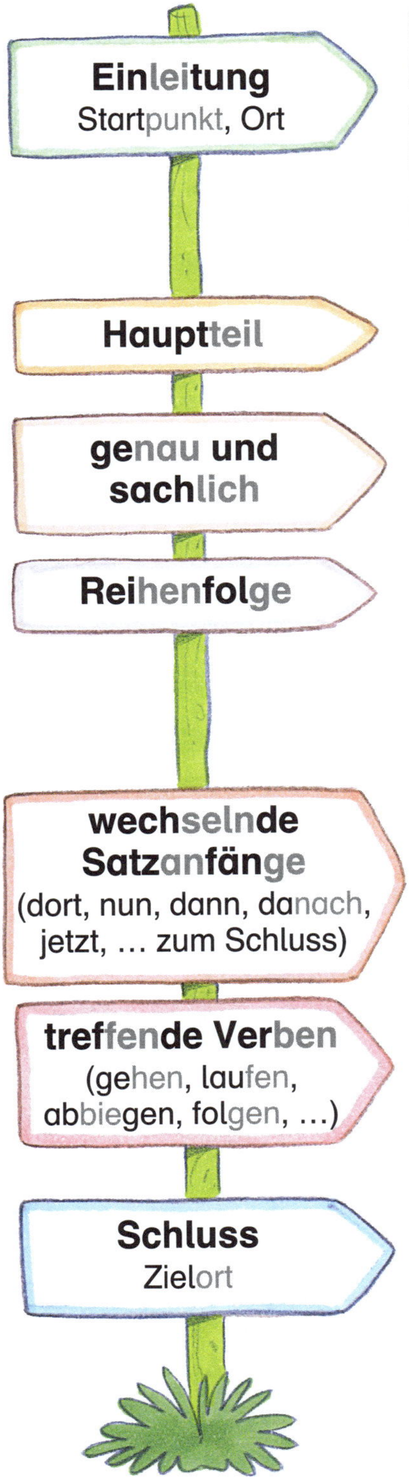

Herr Bax startet an der
Schule und

links

Lukas schreibt seinem Freund Malte einen Brief.
Lukas wohnt in Düsseldorf, Malte in Mannheim.

1 Beschreibe den Weg des Briefs.
Sieh dir die Bilder genau an. Setze wechselnde Satzanfänge und die Verben ein.

Dann | Danach | Als Nächstes | Zum Schluss

~~Zuerst~~ | Anschließend | Jetzt

werfen

Zuerst wirft Lukas den Brief in den Briefkasten an der Post.

leeren

__________ wird der Briefkasten __________.

abstempeln

__________ kommt der Brief in das Briefzentrum und wird __________.

bekommen

__________ __________ der Brief einen Code für seinen Zielort.

fahren

__________ wird der Brief in einen Container geladen und wird nachts mit einem Lkw nach Mannheim __________.

sortieren

__________ wird der Brief nach Straße und Hausnummer __________.

kommen

____

__________ der Brief in die Tasche des Briefträgers.

2 Was muss man bei Beschreibungen beachten? Kreuze an.

	ja	nein
Eine Beschreibung hat wechselnde Satzanfänge.	☐	☐
Die Reihenfolge der einzelnen Schritte ist unwichtig.	☐	☐
Eine Beschreibung ist sachlich.	☐	☐
Vorgänge müssen genau beschrieben werden.	☐	☐

1 Lukas' Brief ist nun in der Tasche von Frau Weiler, der Briefträgerin. Sie stellt die Post zu. Sieh dir den Weg genau an, den Frau Weiler bis zu Maltes Haus gehen muss.

2 Welche Aussagen passen zu dem Bild? Male sie grün an.

Straße bis zur Ampel folgen

an der Ampel links abbiegen

zweite Straße rechts

zweite Straße links

an der nächsten Straßenecke rechts abbiegen

bis zum Kreisel

bis zum Zebrastreifen laufen und diesen überqueren

Brief bei Hausnummer 31 einwerfen

durch den Tunnel

3 Beschreibe Frau Weilers Weg. Schreibe in ganzen Sätzen. Denke an wechselnde Satzanfänge.

Von der Post geht Frau Weiler

4 Hast du alle Wegweiser beachtet? Wenn ja, dann ☑.

Du hast ____ von 7 Punkten beachtet und abgehakt.

Beim Schreiben einer **Bildergeschichte** muss man sich jedes Bild genau ansehen.

1 Schau dir dieses Bild genau an.
Welche Aussagen stimmen? Kreuze an.

☐ Die Lehrerin sitzt am Tisch.

☐ Im Raum sind fünf Kinder.

☒ Zarah liest Herrn Bax etwas vor.

☐ Es ist Samstag.

☐ Es ist Montag.

☐ Im Bücherregal sind viele Bücher.

☐ Das Sofa ist grün-gelb.

☐ Herr Bax bellt laut.

☐ Malte malt.

☐ Berta turnt.

☐ Hanna quatscht und lacht.

☐ Berta liegt auf dem Sofa.

☐ Die Kinder weinen.

2 Schau dir das Bild noch genauer an.
Kreise 6 Dinge darauf rot ein.
Schreibe zu jedem Kreis einen Satz.
Schreibe so:

Zarah sitzt auf dem Sofa und liest
Herrn Bax etwas vor.

1 Sieh dir die Bilder genau an.
Was passt? Schreibe auf.

Hanna liest ein Buch.

Tuch | ~~Buch~~

Umut isst eine ________.

Banane | Gurke

Leni strickt einen ________.

Pullover | Schal

Zarah malt eine ________.

Tonne | Sonne

Malte beobachtet die ________.

Fische | Tische

Can kauft sich ein Paar ________.

Hosen | Schuhe

Max klettert auf einen ________.

Berg | Turm

2 Schreibe noch genauer. Setze ein Adjektiv ein.
Was passt? Schreibe auf.

Hanna liest ein spannendes Buch.

~~spannendes~~ | langweiliges

Umut isst eine ________ Banane.

saure | süße

Leni strickt einen ________ Schal.

kurzen | langen

Zarah malt eine ________ Sonne.

blaue | gelbe

Malte beobachtet die ________ Fische.

bunten | braunen

Can kauft sich ein Paar ________ Schuhe.

alte | neue

Max klettert auf einen ________ Berg.

hohen | flachen

Am Anfang einer **Bildergeschichte** wird beschrieben,
wann die Geschichte spielt (an einem sonnigen Tag),
wer darin vorkommt (Lotta, Herr Bax …),
was die Person macht (Fahrrad fahren, die Freundin treffen …) und
wo die Geschichte spielt (im Wald, in der Stadt …).

1 Schau dir das Bild an. Beantworte die Fragen.
Gib den Personen einen Namen.

Wann?

An einem
sonnigen Tag

Wer?

Was machen die Personen?

Wo?

Einleitung
Wann? Wer?
Was? Wo?

2 Übe Einleitungen zu schreiben.
Schreibe zu jedem Bild einen Satz.

An einem sonnigen Tag

Deine **Bildergeschichte** wird viel lebendiger,
wenn die Personen etwas sagen.
Auch Tiere dürfen laut denken.

1 Was sagen oder denken die Personen oder Tiere wohl?
Schreibe deine Ideen in die Sprechblasen
und die Denkblase.

wörtliche Rede, Sprechblasen ausfüllen

So schreibt man auf, wenn jemand etwas sagt:

Lena	ruft	:	„Guten Morgen!“
Wer?	Ein Wort für „sagen“	:	„ … “

2 Es gibt verschiedene Wörter für sagen.
Ordne diese hier nach dem Abc. Schreibe sie auf.

sagen rufen meinen ~~denken~~ schreien fragen flüstern

denken,

3 Schreibe deine Ideen für die Denkblase und die Sprechblasen von Seite 48 auf. Denke dir Namen aus.

sagt: „ Hier, , die Wurst ist für dich.“

1 Schau dir die Bilder genau an.
Überlege auch, was zwischen den Bildern passiert ist.

2 Welche Aussagen passen zu der Geschichte? Kreuze an.

- ☐ windiger Herbsttag
- ☐ heißer Sommertag
- ☒ im Park
- ☐ in der Stadt
- ☐ Gina verkauft Eis.
- ☐ ein heftiger Windstoß
- ☐ ____________ bestellt 6 Kugeln Eis.
- ☐ Gina türmt Eiskugeln auf.
- ☐ Eisturm bricht zusammen.
- ☐ Eisturm wächst 10 m hoch.
- ☐ Eis fällt auf den Boden.

3 Was könnte Gina denken? Ergänze die Denkblase.

____

____

____

4 Schreibe eine Geschichte zu den Bildern.
Nimm die richtigen Aussagen und die Denkblase zu Hilfe!
Welche Überschrift passt? Kreuze an.

☐ **Herbststurm** ☐ **Der Eisturm**

An einem

5 Hast du alle Wegweiser beachtet? Wenn ja, dann ☑.

Der 5. Schreibmeister

1 Schau dir die Bilder genau an.
Überlege auch, was zwischen den Bildern passiert ist.

2 Welche Aussagen passen zu der Geschichte? Kreuze an.

- [x] sonniger Tag
- [ ] regnerischer Frühlingstag
- [ ] in den Bergen
- [ ] in der Stadt
- [ ] _____________ geht spazieren.
- [ ] kaut vergnügt Kaugummi
- [ ] schluckt Kaugummi runter
- [ ] spuckt Kaugummi aus
- [ ] in hohem Bogen
- [ ] Kaugummi landet auf der Straße
- [ ] Kurz darauf tritt er in den Kaugummi.
- [ ] eklig

3 Was könnte der Mann denken? Ergänze die Denkblase!

____

____

4 Schreibe die Geschichte.

☐ Das Missgeschick ☐ Ein sonniger Tag

An einem

5 Hast du alle Wegweiser beachtet? Wenn ja, dann ☑.

Du hast ___ von 6 Punkten beachtet und abgehakt.

Eine **Fantasiegeschichte** kann spannend, witzig oder gruselig sein.
Lass Personen und Tiere sprechen.
Schreibe in ganzen Sätzen. Schmücke aus.

1 Stell dir diese Situation vor.

Es ist ein regnerischer Samstagnachmittag.
Du bist allein zu Hause.
Plötzlich klingelt es an der Tür.
Vorsichtig öffnest du die Tür und …

2 Welche Aussagen passen? Kreise ein.

grasgrün

böse

freundlich

Stock in der Hand

zottelig

rosa

roter Regenschirm mit weißen Punkten

3 Beschreibe das Wesen. Nimm die Angaben von Aufgabe 2 zu Hilfe.

Vorsichtig öffne ich die Tür.

Vor mir steht ein Monster.

Es hat ____________________,

____________________ Fell.

____________________ schaut es mich

an. In seiner Pfote hält es einen

____

____

____________________.

4 Was möchte das Monster? Was sagt es?
Ergänze die Sprechblase.

5 Wie spricht das Monster?
Suche dir ein Wort für „sagen“ aus. Kreise es ein.

flüstern | stottern | stammeln | rufen | brummen
antworten | bitten | brabbeln | meinen

6 Schreibe hier noch einmal auf, was das Monster sagt.
Bitte danach das Monster in eure Wohnung.

Es „Hallo,

Ich antworte:

Jetzt stehst du mit einem fröhlichen Monster bei dir im Flur.

7 Welches Zimmer könntest du dem Monster zeigen?
Was könntet ihr dort machen? Nummeriere.

- 4 Wäsche waschen
- ☐ kochen
- ☐ Hausaufgaben machen
- ☐ auf dem Sofa hopsen
- ☐ auf dem Bett liegen
- ☐ Wasserschlacht machen
- ☐ Fußball spielen
- ☐ etwas malen
- ☐ Bücher lesen
- ☐ sich die Zähne putzen
- ☐ den Kühlschrank leerfuttern
- ☐ an den Vorhängen schaukeln
- ☐ ______
- ☐ ______

8 Suche dir ein Zimmer von Seite 57 aus. Ergänze.

Ich führe das zottelige Monster in

______________________________.

Erstaunt bleibt es stehen und schaut

sich um. Es betrachtet

____

____

______________________________.

9 Was macht ihr nun in dem Zimmer?
Achte auf ganze Sätze. Beachte die Wegweiser.

Jede Geschichte hat einen **Schluss**.
Er ist meistens recht kurz.
Die Spannung oder das Problem löst sich hier auf.

10 Lies dir die beiden Texte durch. Welcher Schluss passt zu deiner Geschichte? Male ihn grün an.

Auf einmal öffnet sich die Tür und meine Mutter steht im Zimmer. Ich möchte ihr das grasgrüne Monster vorstellen. Da stelle ich erstaunt fest, dass es verschwunden ist. Das Zimmer sieht so aus wie immer.

Auf einmal öffnet sich die Tür und meine Mutter steht im Zimmer. Erstaunt schaut sie mich und das grüne Monster an.
Doch sie schimpft nicht. Sie lacht nur und sagt: „Oh, ich glaube, du hattest heute einen spannenden Nachmittag!“

11 Lies dir alle grünen Felder von Seite 55 bis 59 noch einmal durch. Zusammen ergeben sie deine Fantasiegeschichte.

Auch Malte hat eine Geschichte
über das Monster geschrieben.

12 Setze die fehlenden Wörter in Maltes Geschichte ein.
Die Wegweiser am Rand helfen dir dabei.

Monsterhafter Besuch

Es klingelt. Vorsichtig öffne ich die Tür.

Ich traue meinen Augen nicht.

Denn dort steht ein

grasgrünes Monster.

Es hat ein ______

und ______ Fell.

In seiner Pfote hält es einen

______ Regenschirm mit

weißen Punkten. Es stellt sich

______ vor:

„Hallo, ich bin Buggi. Darf ich

eintreten?“

Ich antworte: „ Natürlich! Komm rein!“

Ich führe es in die Küche. Dort ________ es neugierig das Spülbecken und den Herd.

Plötzlich ________ es den Kühlschrank und ________ hinein. Zuerst holt es die Butter heraus und stopft sie sich gierig in den Mund. ________ futtert Buggi die Möhren, ________ die Gurke und ________ den Brokkoli.

________ trinkt er noch die Wasserflasche leer, rülpst laut und meint: Köstlich, sehr köstlich!“

Plötzlich kommt meine Mutter herein. Sie lacht: „Zum Glück schmatzt und rülpst hier nur das Monster und nicht du!“

Der 6. Schreibmeister

1 Stell dir diese Situation vor.

Es ist ein ganz normaler Freitagnachmittag. Du bist allein zu Hause. Plötzlich klingelt es an der Tür. Vorsichtig öffnest du die Tür und ...

2 Sieh dir das Bild genau an. Beschreibe den kleinen Affen. Beschrifte dafür das Bild.

3 Was erlebst du mit dem Affen? Schreibe die Geschichte.

Überschrift

Unerwarteter Besuch

Einleitung
Beschreibe den Affen.

Vorsichtig öffne ich die Tür.

Ich traue meinen Augen nicht. Dort steht

treffende Adjektive

Hauptteil
Bitte den Affen hinein.
Wohin geht ihr?
Was macht ihr?

wörtliche Rede

Wiederholungen vermeiden

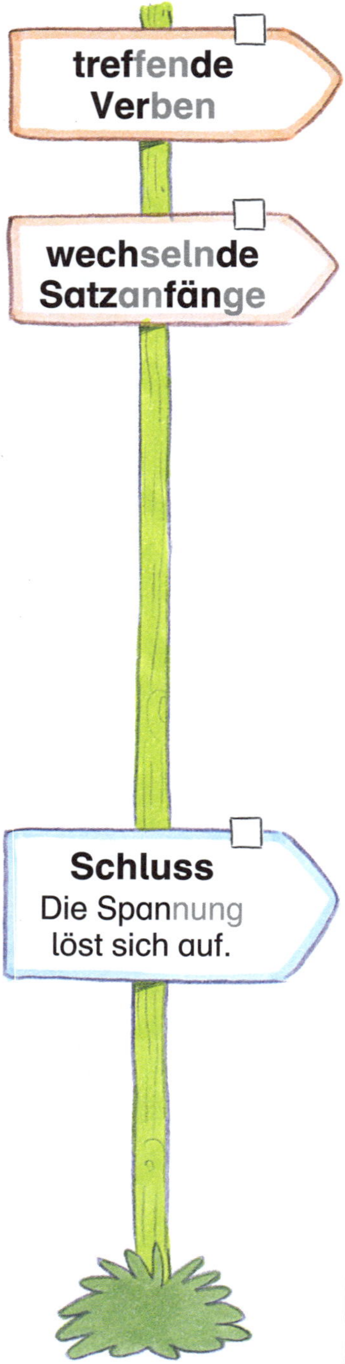

5 Hast du alle Wegweiser beachtet? Wenn ja, dann ☑.

Du hast ___ von 8 Punkten beachtet und abgehakt.